Scénario : Robert Génin
Dessin : Michel Faure

BLACK LE REBELLE

d'après le roman
« La révolte de l'étalon noir »
de
WALTER FARLEY

HACHETTE

Imprimé en Belgique par Proost sprl.
Dépôt légal n° 8171 - Mars 1984
22.22.1660.01
ISBN 2.01.009333.X
Loi n° 49.956 du 16 juillet 1949
sur les publications destinées à la jeunesse - Dépôt 3.84

PAR UNE BELLE SOIRÉE DE JUIN AU "RANCH DE L'ESPOIR"...
C'EST UNE BONNE IDÉE D'AVOIR PLACÉ NAPOLÉON DANS L'ENCLOS DU MILIEU.
OUAIS, IL FAIT TAMPON ENTRE BLACK ET SATAN...
... MAIS NE TE FAIS PAS TROP D'ILLUSIONS, ALEC. LES INSTINCTS SAUVAGES DE BLACK SONT PRÊTS À SE RÉVEILLER À LA MOINDRE OCCASION.
HENRY DAILEY ÉTAIT LOIN DE SE DOUTER QUE CETTE OCCASION SE PRÉSENTERAIT AU COURS DE LA NUIT...
HIIIII
HIIIII
BON SANG DE BON SANG! QU'EST-CE QUI SE PASSE?!
!
PAR TOUS LES DIABLES!!! CE MAUDIT ANIMAL A RÉUSSI À FAIRE UNE BRÈCHE DANS LA CLÔTURE!
IL FAUT LES SÉPARER AVANT QU'IL N'ARRIVE UN MALHEUR!
NON, HENRY, PAS LA CRAVACHE!
CLAK
1

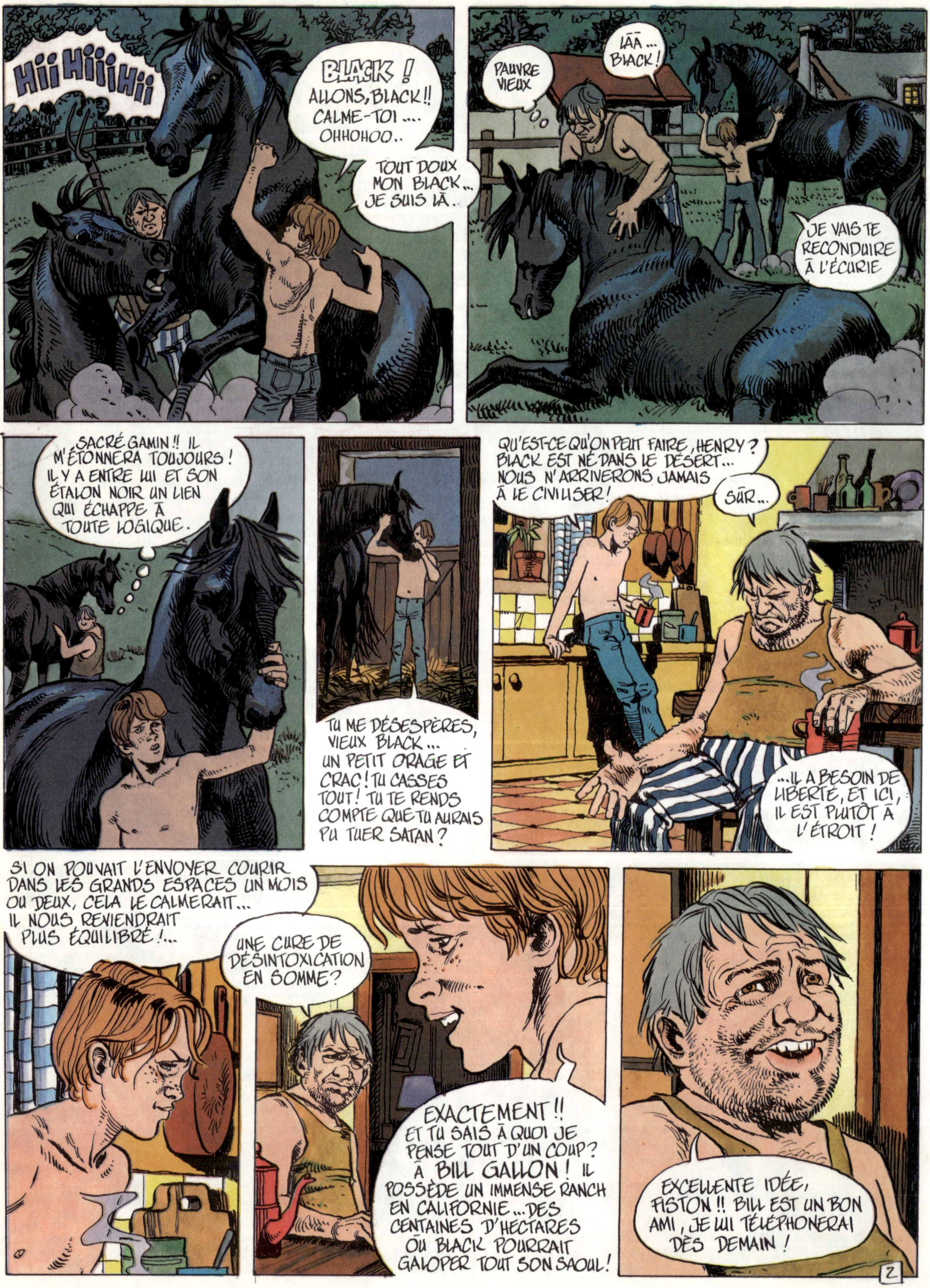
Hii Hiiihii
BLACK ! ALLONS, BLACK !! CALME-TOI .... OHHOHOO..
TOUT DOUX MON BLACK... JE SUIS LÀ ..
PAUVRE VIEUX
LÀÀ ... BLACK !
JE VAIS TE RECONDUIRE À L'ÉCURIE
SACRÉ GAMIN !! IL M'ÉTONNERA TOUJOURS ! IL Y A ENTRE LUI ET SON ÉTALON NOIR UN LIEN QUI ÉCHAPPE À TOUTE LOGIQUE.
TU ME DÉSESPÈRES, VIEUX BLACK ... UN PETIT ORAGE ET CRAC ! TU CASSES TOUT ! TU TE RENDS COMPTE QUE TU AURAIS PU TUER SATAN ?
QU'EST-CE QU'ON PEUT FAIRE, HENRY ? BLACK EST NÉ DANS LE DÉSERT... NOUS N'ARRIVERONS JAMAIS À LE CIVILISER !
SÛR...
...IL A BESOIN DE LIBERTÉ, ET ICI, IL EST PLUTÔT À L'ÉTROIT !
SI ON POUVAIT L'ENVOYER COURIR DANS LES GRANDS ESPACES UN MOIS OU DEUX, CELA LE CALMERAIT... IL NOUS REVIENDRAIT PLUS ÉQUILIBRÉ !...
UNE CURE DE DÉSINTOXICATION EN SOMME ?
EXACTEMENT !! ET TU SAIS À QUOI JE PENSE TOUT D'UN COUP ? À BILL GALLON ! IL POSSÈDE UN IMMENSE RANCH EN CALIFORNIE ... DES CENTAINES D'HECTARES OÙ BLACK POURRAIT GALOPER TOUT SON SAOUL !
EXCELLENTE IDÉE, FISTON !! BILL EST UN BON AMI, JE LUI TÉLÉPHONERAI DÈS DEMAIN !
2

DEUX JOURS PLUS TARD...
BILL EST RAVI DE VOUS ACCUEILLIR. VOUS SEREZ COMME DES COQS EN PÂTE !
SUPER !
G.3
AU REVOIR, FISTON. SURTOUT, SURVEILLE-LE BIEN. L'AVION RISQUE DE LE RENDRE NERVEUX !
T'EN FAIS PAS, HENRY. DU MOMENT QUE JE RESTE PRES DE LUI, IL N'Y A RIEN A CRAINDRE !
VOILÀ, MON VIEUX !
LE VOYAGE VA ÊTRE LONG... J'ESPÈRE QUE TU VAS BIEN TE COMPORTER.
!?
NOM D'UNE PIPE !! LES CLEFS DU VAN ?!?
!
ARRÊTEZ
HOOO
HOOO
QUE SE PASSE-T-IL? POURQUOI AVEZ-VOUS STOPPÉ ?
C'EST VOTRE AMI... IL EST SUR LA PISTE...
IL PARAÎT QUE VOUS AVEZ OUBLIÉ DE LUI RENDRE LES CLEFS DE LA VOITURE !!
ET AUSSI LA CARTE GRISE ! C'EST VRAIMENT RIDICULE !! ...TENEZ, JE VOUS METS TOUT ÇA DANS MON PORTE-FEUILLE, CE SERA PLUS FACILE.
J'Y VAIS. ET SURTOUT, DITES-LUI DE ME RETOURNER MES PAPIERS D'IDENTITÉ PAR LA POSTE !
PARFAIT ! TENEZ-VOUS PRÊT, ON DÉCOLLE !
LES PREMIÈRES HEURES DE VOL SE DÉROULÈRENT SANS INCIDENTS. BLACK SE TENAIT TRANQUILLE, FRÉMISSANT À PEINE QUAND UN TROU D'AIR LE DÉSÉQUILIBRAIT.
3

APRÈS AVOIR FAIT LE PLEIN À CHICAGO...
...L'AVION POURSUIVIT SA ROUTE VERS L'OUEST.
ET BIEN PLUS TARD...
NOUS SURVOLONS LE WYOMING ... LE SPECTACLE EST MAGNIFIQUE! ÇA VOUS DIT DE JETER UN COUP D'OEIL ?
J'AIMERAIS BIEN... MAIS BLACK NE DOIT PAS RESTER SEUL.
PAS DE PROBLÈME... JE VAIS VOUS REMPLACER.
MERCI... JE NE SERAI PAS LONG
PRENEZ VOTRE TEMPS...
...C'EST UN HONNEUR POUR MOI DE VEILLER SUR L'ILLUSTRE BLACK!
REGARDEZ! NOUS SERONS BIENTOT AU-DESSUS DES ROCHEUSES. IMPRESSIONNANT, HEIN ?
BRRR... ÇA DONNE LA CHAIR DE POULE!
DITES DONC, C'EST PAS LE MOMENT D'AVOIR UNE PANNE !!
ÇA, MON GARÇON, VAUT MIEUX NE PAS Y PENSER!
JE RETOURNE PRÈS DE BLACK!...
...ET MERCI ENCORE!
OHHH NON!

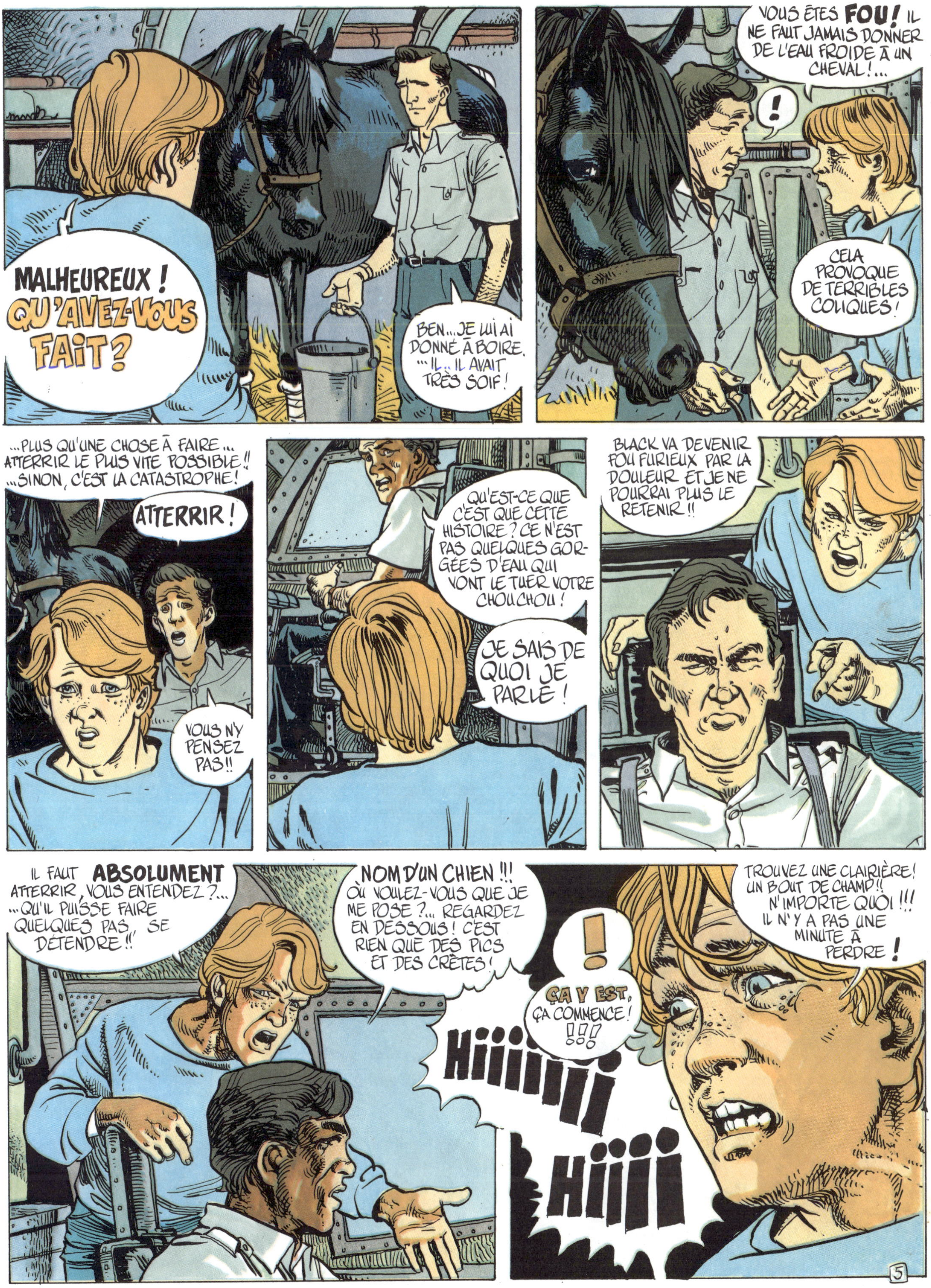

MALHEUREUX ! QU'AVEZ-VOUS FAIT ?
BEN... JE LUI AI DONNÉ À BOIRE. ... IL.. IL AVAIT TRÈS SOIF !
VOUS ÊTES FOU ! IL NE FAUT JAMAIS DONNER DE L'EAU FROIDE À UN CHEVAL !...
!
CELA PROVOQUE DE TERRIBLES COLIQUES !
...PLUS QU'UNE CHOSE À FAIRE... ATTERRIR LE PLUS VITE POSSIBLE !! ...SINON, C'EST LA CATASTROPHE !
ATTERRIR !
VOUS N'Y PENSEZ PAS !!
QU'EST-CE QUE C'EST QUE CETTE HISTOIRE ? CE N'EST PAS QUELQUES GORGÉES D'EAU QUI VONT LE TUER VOTRE CHOUCHOU !
JE SAIS DE QUOI JE PARLE !
BLACK VA DEVENIR FOU FURIEUX PAR LA DOULEUR ET JE NE POURRAI PLUS LE RETENIR !!
IL FAUT ABSOLUMENT ATTERRIR, VOUS ENTENDEZ ?... ...QU'IL PUISSE FAIRE QUELQUES PAS, SE DÉTENDRE !!
NOM D'UN CHIEN !!! OÙ VOULEZ-VOUS QUE JE ME POSE ?... REGARDEZ EN DESSOUS ! C'EST RIEN QUE DES PICS ET DES CRÊTES !
!
ÇA Y EST, ÇA COMMENCE ! !!!
HIIIIIII
HIIII
TROUVEZ UNE CLAIRIÈRE ! UN BOUT DE CHAMP !! N'IMPORTE QUOI !!! IL N'Y A PAS UNE MINUTE À PERDRE !
5

BLACK... PARDONNE-MOI, MON BLACK... JE N'AURAIS PAS DÛ TE QUITTER, MÊME UN INSTANT...
HIII
HIII HIII
HIII HI
HÉ!
MALHEUR! C'EST BIEN CE QUE JE CRAIGNAIS!
ARRÊTE, BLACK! ARRÊTE!
NOM D'UN PÉTARD! CE DÉMON VA TOUT CASSER
NOTRE VIEUX COUCOU N'Y RÉSISTERA PAS!
REDRESSE BILL! REDRESSE
BOM
BAN
IM-IMPOSSIBLE! PLUS QU'UNE SOLUTION... SE POSER EN CATASTROPHE!
MON DIEU! NOUS ALLONS NOUS ÉCRASER!
HÉ! VOUS ÊTES DINGUE! NE FAITES PAS ÇA!!
AH
6

AHHHHHH
7

Hiiiiii
BLACK ÉTAIT INDEMNE...
...IL S'ÉLOIGNA AU PETIT TROT, ESSAYANT DE CALMER LES COLIQUES QUI LE TORTURAIENT
AÏE... MON CRÂNE...
MAIS...
MAIS...
JE NE ME SOUVIENS PLUS...
...QU'EST-CE QUE JE FAIS ICI ?!?
JE... JE DOIS BIEN AVOIR DES PAPIERS SUR MOI...
M'MM...
RIEN!
RIEN EXCEPTÉ ÇA!
C'EST AFFREUX
JE NE SAIS MÊME PLUS QUI JE SUIS !!
PLONGÉ DANS UNE ANGOISSE SANS NOM, SOUFFRANT DANS SA CHAIR AUTANT QUE DANS SON ÂME, ALEC SE LAISSA GLISSER AU BAS DU VERSANT...
TROUVER UNE ROUTE... OUI... OUI... IL DOIT BIEN Y EN AVOIR UNE QUELQUE PART!
IL MARCHA LONGTEMPS, AU BORD DE L'ÉPUISEMENT... DES HEURES........ ...... UNE ÉTERNITÉ....
ENFIN!
8

MAIS, À CETTE HEURE AVANCÉE DE LA NUIT, IL N'Y AVAIT PRATIQUEMENT AUCUNE CIRCULATION...
ALEC, ÉPUISÉ, S'ENDORMIT...
...UN PEU AVANT L'AUBE...
PAFF
CREVÉ?
LA ROUE AVANT !! BON DIEU, MANQUAIT PLUS QUE ÇA !
ET PUIS ÉTEINS LA RADIO! CETTE MUSIQUE RINGARDE COMMENCE À ME TAPER SUR LES NERFS!
OH, ÇA VA! ...ÇA VA... TE FÂCHE PAS !
?
SAUVÉ !
MAINTENANT, UN FLASH SPÉCIAL SUR LE VOL DE SALT LAKE CITY
HÉ! ATTENDS VOIR CE QU'ILS DISENT ?
FAUDRAIT SAVOIR CE QUE TU VEUX !
LES TROIS MALFAITEURS QUI ONT COMMIS CE HOLD-UP AUDACIEUX ONT ÉTÉ ARRÊTÉS CETTE NUIT. MAIS, LE JEUNE GARÇON QUI ÉTAIT AVEC EUX A RÉUSSI À PRENDRE LA FUITE AVEC UNE PARTIE DE L'ARGENT VOLÉ.
SON SIGNALEMENT: MINCE, CHEVEUX BLONDS, UN MÈTRE SOIXANTE ÂGE, ENTRE SEIZE ET DIX-HUIT ANS. IL A ÉTÉ BLESSÉ AU VISAGE À LA SUITE D'UNE BAGARRE
UN GARÇON BLOND... BLESSÉ ! ET...
T'AS ENTENDU ÇA ?
...ET CES BILLETS QUE J'AI DANS MA POCHE !...
MAIS ILS PARLENT DE MOI
9

IL Y EN A UN QUI COURT ENCORE !
BOF... UN MÔME. IL N'IRA PAS LOIN !
VOILÀ... ON PEUT REPARTIR.
IL FAUT QUE JE M'ÉLOIGNE DE CETTE RÉGION LE PLUS VITE POSSIBLE...
OH... MA TÊTE... ...MAL...
DORMIR... DOR... MIR... ...DOR...
LE CAMION ROULA TOUTE LA JOURNÉE, TRAVERSANT L'UTAH ET SE DIRIGEANT VERS L'ARIZONA.
ALEC, ÉPUISÉ, DORMAIT TOUJOURS...
10

CEPENDANT, HENRY DAILEY, PRÉVENU DANS LA MATINÉE DE L'ACCIDENT, AVAIT AUSSITÔT ALERTÉ LE PÈRE D'ALEC.
QUELLES SONT LES DERNIÈRES NOUVELLES, HENRY... DITES-MOI LA VÉRITÉ, ALEC EST-IL VIVANT ?
BEN, À VRAI DIRE, ON N'EN SAIT RIEN, MR. RAMSAY... ON NE L'A PAS RETROUVÉ.
HEIN ? IL... IL N'ÉTAIT PAS DANS L'ÉPAVE ?
NON... PAS PLUS QUE BLACK, D'AILLEURS... IL N'Y AVAIT QUE LES DEUX PILOTES... ...MORTS DANS LE COCKPIT...
MAIS ALORS... ÇA VEUT DIRE QU'ILS SONT SAUFS !
ALEC A DÛ DÉCIDER D'ALLER CHERCHER DU SE-COURS AVEC BLACK ! ...ON VA LES RETROUVER !
...MR. RAMSAY ÉTAIT LOIN D'IMAGINER QUE BLACK, IVRE DE LIBERTÉ, AVAIT GAGNÉ LES HAUTS PLATEAUX, LOIN DE L'ENDROIT OÙ ON LE CHERCHAIT...
... ET QUE ALEC, DEVENU AMNÉSIQUE, ROULAIT DANS UN CAMION QUI L'EMMENAIT TRÈS LOIN DU LIEU DU SINISTRE.
VOILÀ LE "STARDUST" ! OUF ! JE SUIS CREVÉ ET J'AI UNE FAIM DE LOUP !
DUST
HÉ ! OÙ VAS-TU ?
TU SAIS QU'ON A UN COLIS À LIVRER AU PATRON DU "STARDUST" !
11

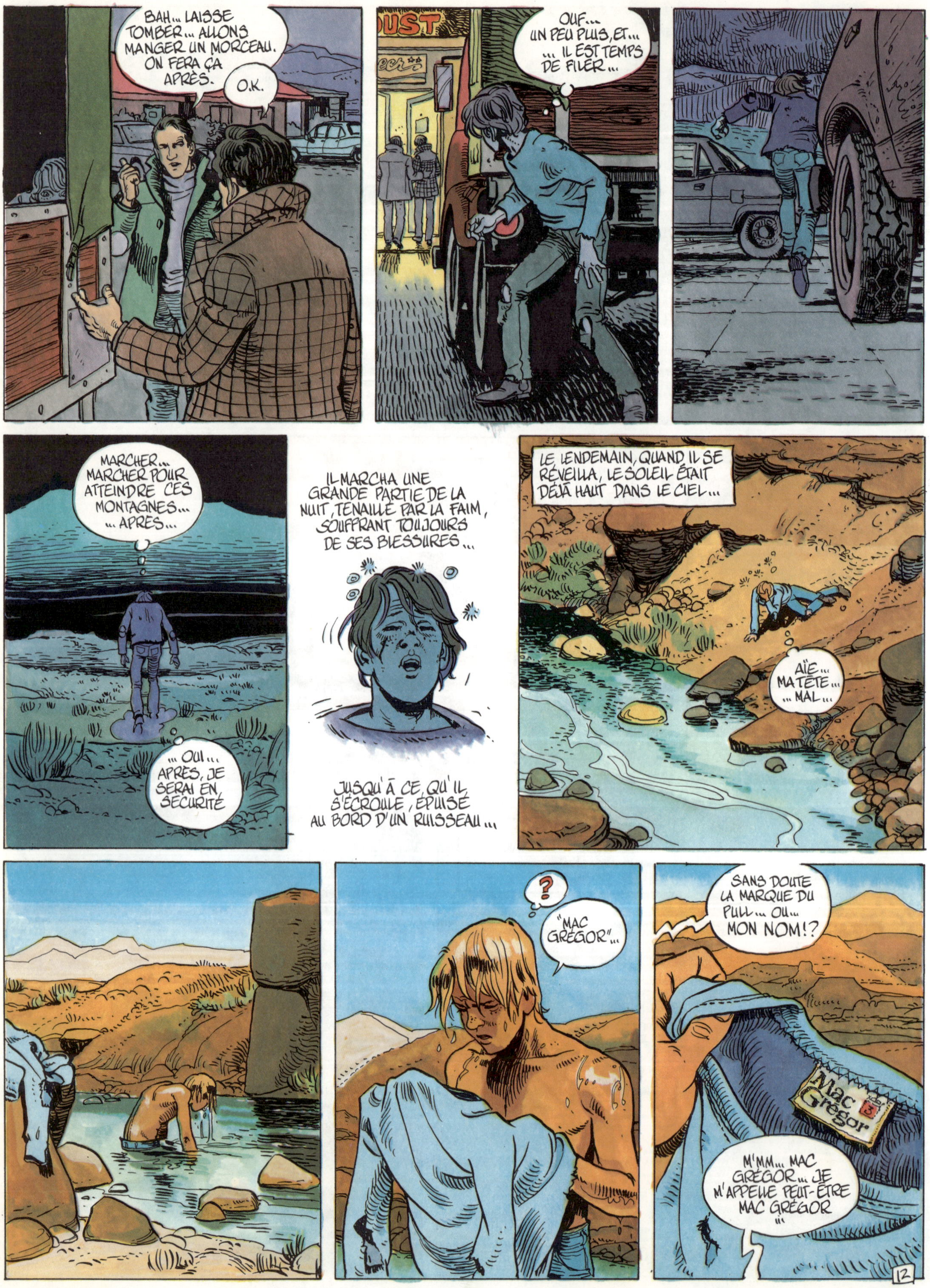
BAH... LAISSE TOMBER... ALLONS MANGER UN MORCEAU. ON FERA ÇA APRÈS.
O.K.
OUF... UN PEU PLUS, ET... ... IL EST TEMPS DE FILER...
MARCHER... MARCHER POUR ATTEINDRE CES MONTAGNES... ... APRÈS...
... OUI... APRÈS, JE SERAI EN SÉCURITÉ
IL MARCHA UNE GRANDE PARTIE DE LA NUIT, TENAILLÉ PAR LA FAIM, SOUFFRANT TOUJOURS DE SES BLESSURES...
JUSQU'À CE QU'IL S'ÉCROULE, ÉPUISÉ AU BORD D'UN RUISSEAU...
LE LENDEMAIN, QUAND IL SE RÉVEILLA, LE SOLEIL ÉTAIT DÉJÀ HAUT DANS LE CIEL...
AÏE... MA TÊTE... ... MAL...
?
"MAC GRÉGOR"...
SANS DOUTE LA MARQUE DU PULL... OU... MON NOM!?
Mac Grégor
M'MM... MAC GRÉGOR... JE M'APPELLE PEUT-ÊTRE MAC GRÉGOR
12

EN FIN D'APRÈS-MIDI, CE MÊME JOUR...
YIPITEE-YAHOOO GIT ALONG LITTLE DOGIES
ALLEZ GOLDIE, DU NERF, MON VIEUX! NOUS AVONS DEUX HEURES DE ROUTE AVANT DE DRESSER LE CAMP POUR LA NUIT...
?! V'LA AUT'CHOSE!
MY GOD!
J... JE... M'AP... PELLE MAC GRÉGOR... M'APP...
LE PAUV' GARS! DANS QUEL ÉTAT IL EST!?
...AP... PELLE MAC GRÉGOR... PAS... VO... LEUR... N... NON... PAS... PO ...PO... LICE... N... NON...
IL DÉLIRE
N... NON... MAC GRÉGOR... MAC...
TE FATIGUE PAS, MON GARS...
J... PAS...
BIZARRE!?... COMMENT SE TROUVE-T-IL SEUL, ABANDONNÉ ET BLESSÉ DANS UN COIN AUSSI DÉSERTIQUE?
DEUX JOURS PLUS TARD DANS UN CHALET PERDU...
!
OÙ... OÙ SUIS-JE? QUI... QUI ÊTES-VOUS?
JE M'APPELLE GORDON... JE SUIS PROSPECTEUR... ...C'EST MOI QUI T'AI RECUEILLI.
TIENS, BOIS ÇA
TU ES RESTÉ INCONSCIENT PRÈS DE QUARANTE-HUIT HEURES... TU DOIS AVOIR FAIM!! JE VAIS TE PRÉPARER QUELQUE CHOSE DE PLUS CONSISTANT.
13

UNE OMELETTE... UNE ! POUR MONSIEUR MAC GRÉGOR.
COMMENT SAVEZ-VOUS MON NOM ?
TU L'AS RÉPÉTÉ JE NE SAIS COMBIEN DE FOIS DANS TON DÉLIRE. SANS EN ÊTRE VRAIMENT SÛR... PUISQUE TU AS PERDU LA MÉMOIRE...
MON DIEU...
...DE FAIT, TU RACONTAIS PAS MAL DE CHOSES. TU TE CROYAIS POURSUIVI PAR LA POLICE... À CAUSE D'UN VOL...
NE CRAINS RIEN... APRÈS TOUT, QU'EST-CE QUI ME PROUVE QUE TU ES UN CRIMINEL ? TU N'AS AUCUN SOUVENIR... TU NE PEUX PAS SAVOIR...
ESSAIE DE NE PLUS PENSER À TOUT ÇA...
...LE PRINCIPAL, POUR L'INSTANT, C'EST DE REPRENDRE DES FORCES !
MERCI, MONSIEUR GORDON. ...MERCI DE ME FAIRE CONFIANCE !
TU TE TUES À L'OUVRAGE ! ARRÊTE-TOI UN PEU !
L'ACTIVITÉ M'EMPÊCHE DE PENSER, MONSIEUR GORDON... ET PUIS JE SUIS CONTENT DE VOUS RENDRE SERVICE.
MOUAIS... ET TA TÊTE... ? TOUJOURS DES MIGRAINES ?
PAR MOMENTS C'EST HORRIBLE...
MAIS BIEN MOINS HORRIBLE QUE CE TROU AFFREUX ! CET ABÎME SANS NOM !
JE DOIS BIEN AVOIR DES PARENTS... DE LA FAMILLE ! ON... ON ME CHERCHE, PEUT-ÊTRE !!! QUI SUIS-JE, MONSIEUR GORDON ?
QUI SUIS-JE ?
CALME-TOI, MON GARS... CALME-TOI... JE SUIS SÛR QUE TA MÉMOIRE REVIENDRA UN JOUR... IL SUFFIT D'UN DÉCLIC...
14

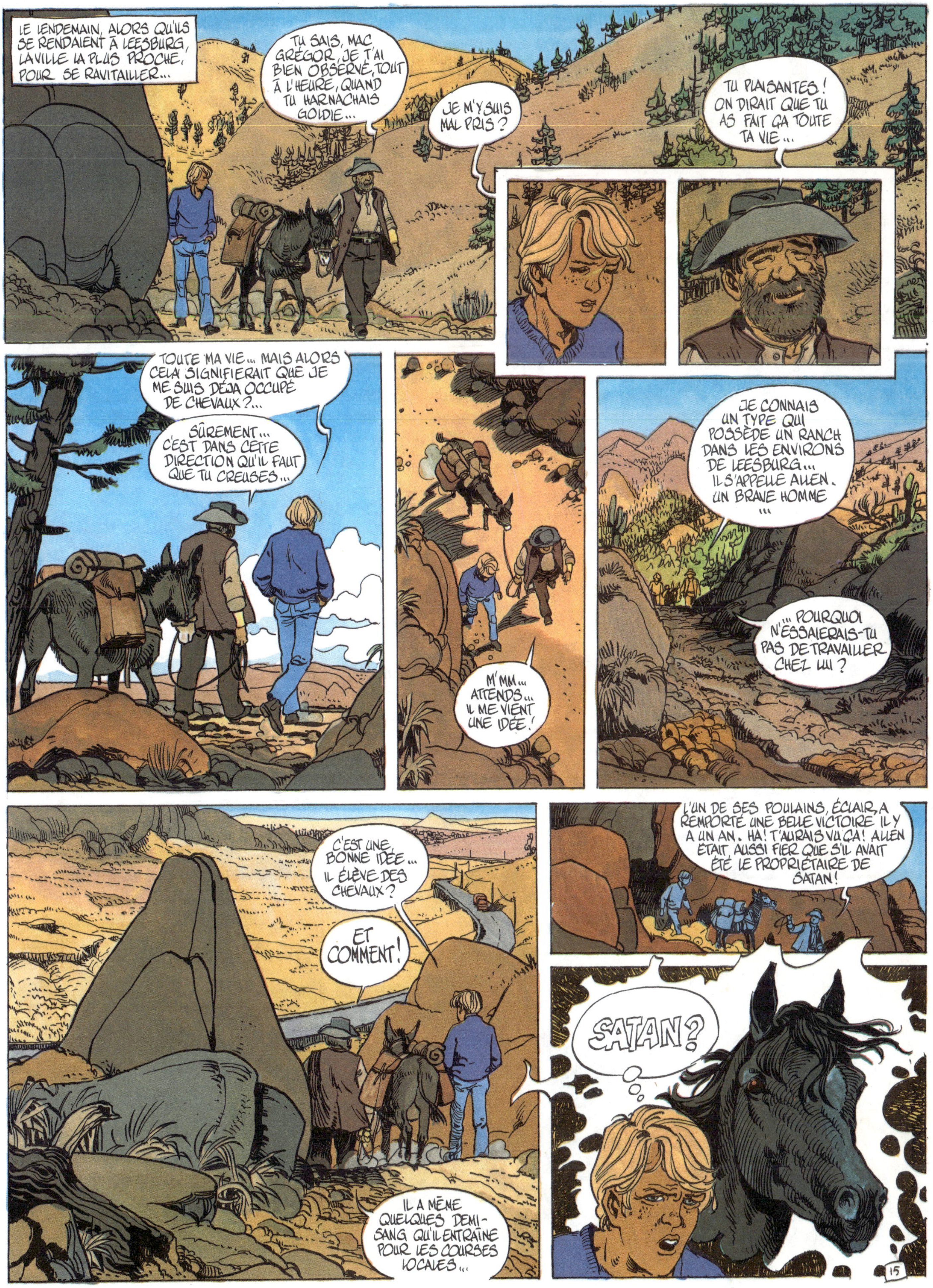
LE LENDEMAIN, ALORS QU'ILS SE RENDAIENT À LEESBURG, LA VILLE LA PLUS PROCHE, POUR SE RAVITAILLER...
TU SAIS, MAC GRÉGOR, JE T'AI BIEN OBSERVÉ, TOUT À L'HEURE, QUAND TU HARNACHAIS GOLDIE...
JE M'Y SUIS MAL PRIS ?
TU PLAISANTES ! ON DIRAIT QUE TU AS FAIT ÇA TOUTE TA VIE...
TOUTE MA VIE... MAIS ALORS CELA SIGNIFIERAIT QUE JE ME SUIS DÉJÀ OCCUPÉ DE CHEVAUX ?...
SÛREMENT... C'EST DANS CETTE DIRECTION QU'IL FAUT QUE TU CREUSES...
M'MM... ATTENDS... IL ME VIENT UNE IDÉE !
JE CONNAIS UN TYPE QUI POSSÈDE UN RANCH DANS LES ENVIRONS DE LEESBURG... IL S'APPELLE ALLEN. UN BRAVE HOMME ...
... POURQUOI N'ESSAIERAIS-TU PAS DE TRAVAILLER CHEZ LUI ?
C'EST UNE BONNE IDÉE... IL ÉLÈVE DES CHEVAUX ?
ET COMMENT !
IL A MÊME QUELQUES DEMI-SANG QU'IL ENTRAÎNE POUR LES COURSES LOCALES...
L'UN DE SES POULAINS, ÉCLAIR, A REMPORTÉ UNE BELLE VICTOIRE IL Y A UN AN. HA ! T'AURAIS VU ÇA ! ALLEN ÉTAIT AUSSI FIER QUE S'IL AVAIT ÉTÉ LE PROPRIÉTAIRE DE SATAN !
SATAN ?
15

HÉ ! QUI A-T-IL, MAC GRÉGOR? ÇA NE VA PAS ?
JE ...
...JE NE SAIS PAS ! ... J'AI EU TOUT À COUP COMME UN FLASH ... ET PUIS TOUT EST REDEVENU NOIR ...
JE CROIS COMPRENDRE, PETIT ... SATAN A ÉTÉ UN FAMEUX CRACK ! TU AS DÛ EN ENTENDRE PARLER ... C'EST CE QUI A DÉCLENCHÉ CHEZ TOI CE ... CETTE RÉACTION !
OUI ... ... OUI PEUT-ÊTRE BIEN
MOI, J'EN SUIS SÛR !
LEESBURG N'EST PLUS QU'À CINQ OU SIX KILOMÈTRES. ON VA SE REPOSER UN PEU AVANT DE SUIVRE LA ROUTE.
LES CHEVAUX, MON GARÇON ... LES CHEVAUX ! VOILÀ LE SECRET DE TON PASSÉ !
J'EN SUIS DE PLUS EN PLUS PERSUADÉ
OH !
REGARDEZ ÇA !!
?
OH ! C'EST CRUIKSHANK !! UN PERSONNAGE PAS TRÈS RECOMMANDABLE !
IL EST FOU !
IL VA TUER CE MALHEUREUX ANIMAL !
EH BEN ... MAIS !? OÙ VAS-TU ?
16

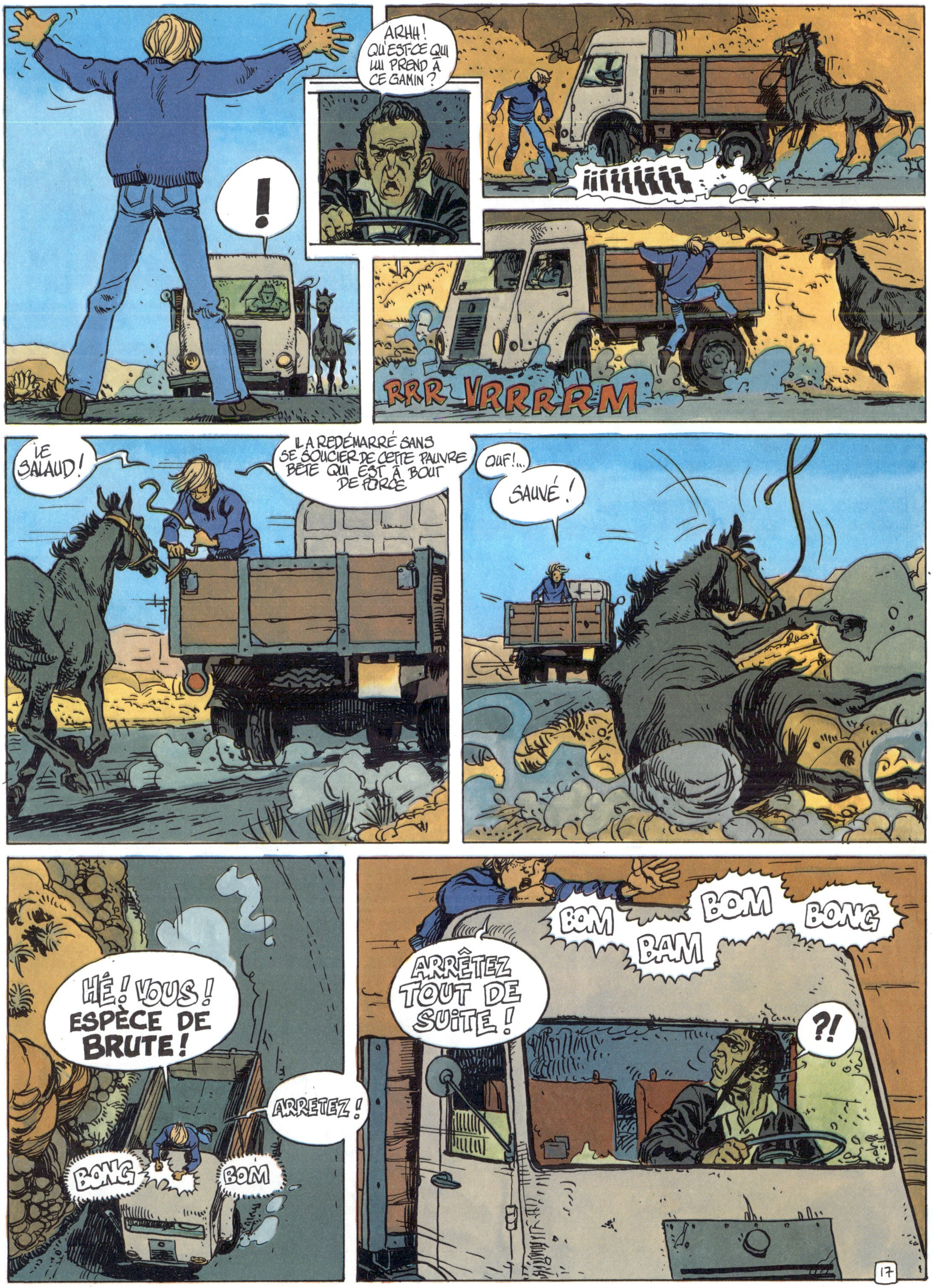
!
ARHH! QU'EST-CE QUI LUI PREND À CE GAMIN ?
IIIIIIIIII
RRR VRRRRRM
LE SALAUD !
IL A REDÉMARRÉ SANS SE SOUCIER DE CETTE PAUVRE BÊTE QUI EST À BOUT DE FORCE
OUF!...
SAUVÉ !
HÉ! VOUS ! ESPÈCE DE BRUTE !
ARRETEZ !
BONG
BOM
ARRÊTEZ TOUT DE SUITE !
BOM
BAM
BOM
BONG
?!
17

DAMNED! ET MON CHEVAL? OÙ EST-T-IL?
JE L'AI LIBÉRÉ
HEIN!
NON MAIS ÇA VA PAS!? ... ESPÈCE DE PETIT MORVEUX! ...
JE VAIS T'APPRENDRE À TE MÊLER DE TES AFFAIRES!
!?
HÉ! CRUIKSHANK!! QUE SE PASSE-T-IL?
VOUS TOMBEZ BIEN, SHÉRIF! CE PETIT VOYOU M'A AGRESSÉ POUR ME VOLER MON CHEVAL!!
OH! C'EST TROP FORT!
LE PAUVRE ANIMAL N'EN POUVAIT PLUS DE GALOPER DERRIÈRE VOTRE CAMIONNETTE!!...SI JE N'AVAIS PAS RÉUSSI À LE DÉTACHER, IL SERAIT MORT!
IL A SÛREMENT DES COMPLICES, ET DIEU SEUL SAIT OÙ ILS ONT EMBARQUÉ MON CANASSON!
NE L'ÉCOUTEZ PAS, SHÉRIF!...
PAS TRÈS LOIN, CRUIKSHANK! VOICI ALLEN ET SLIM QUI LE RAMÈNENT...
18

VOUS DEVRIEZ AVOIR HONTE, CRUIKSHANK !
J'ÉTAIS AVEC SLIM ET NOUS AVONS TOUT VU !! ... REGARDEZ DANS QUEL ÉTAT VOUS AVEZ MIS CETTE PAUVRE BÊTE !!
HELLO ALLEN !
HELLO SHÉRIF !
PASSEZ DONC LES MENOTTES À CE MISÉRABLE ! IL VOULAIT TUER SON CHEVAL !! JE PORTE PLAINTE !
NON MAIS ?!!
ÇA VA COMME ÇA, CRUIKSHANK !!
TU VAS NOUS SUIVRE !
QUANT À VOUS, JEUNE HOMME, JE VOUS FÉLICITE ! VOUS AVEZ FAIT PREUVE D'UN MAGNIFIQUE SANG-FROID !
MERCI, MONSIEUR. JE N'AI ÉCOUTÉ QUE MA CONSCIENCE.
PARCE QU'IL POSSÈDE LE PLUS BEAU RANCH DU PAYS, ALLEN SE CROIT TOUT PERMIS... ARRH ! JE ME VENGERAI !!
GORDON M'A DIT TOUT À L'HEURE QUE VOUS CHERCHIEZ DU TRAVAIL ?..
EN EFFET...
JE SUIS TOUT PRÊT À VOUS ENGAGER... J'AIME LES GARÇONS DE VOTRE ESPÈCE...
...QUAND VOULEZ-VOUS COMMENCER ?..
AUJOURD'HUI MÊME, MONSIEUR ALLEN... SI VOUS N'Y VOYEZ PAS D'INCONVÉNIENT !
ALEC - ALIAS MAC GRÉGOR - FUT CHALEUREUSEMENT ACCUEILLI AU RANCH ALLEN. SON EXPLOIT LUI AVAIT GAGNÉ LA SYMPATHIE DE TOUS, ET BIEN VITE, SES APTITUDES À PANSER LES CHEVAUX ET À LES MONTER LUI VALURENT L'ESTIME DES RUDES COW-BOYS QUI ÉTAIENT DEVENUS SES COMPAGNONS DE TRAVAIL.
19

TROIS SEMAINES PLUS TARD...
BIZARRE... LES JUMENTS ONT L'AIR BIEN NERVEUSES CE SOIR... ON DIRAIT QU'ELLES SENTENT UN DANGER...
TU RÊVES, MAC GRÉGOR. TOUT EST CALME
ELLES PRESSENTENT PEUT-ÊTRE UN ORAGE... LE CIEL EST BAS, ET...
YiiiHiiiiHiiii
??
?
Yiiiii
QU'EST-CE QUE C'EST QUE CE CRI ?!
J'AI JAMAIS ENTENDU ÇA !
MOI, SI !
OUI... OUI, J'EN SUIS SÛR ! ... J'AI ENTENDU UN ÉTALON SAUVAGE HENNIR COMME ÇA, IL Y A BIEN LONGTEMPS...
UN ÉTALON SAUVAGE ?! TU RIGOLES !
ON DISCUTERA APRÈS, LES GARS !! FAUT D'ABORD S'OC-CUPER DES JUMENTS. EN SELLE !!
UN PEU PLUS TARD...
ÇA VA ! ELLES ONT L'AIR CALMES !... JE PRENDS LE PREMIER TOUR DE GARDE, VOUS, ALLEZ DORMIR.

AH! ON A LA VISITE DU BOSS
TU VAS POUVOIR LUI RACONTER TON HISTOIRE D'ÉTALON SAUVAGE, MAC !...
HÉ! HÉ! IL VA BIEN RIRE !!
UN ÉTALON SAUVAGE ? ...
DAMN !! ON VA AVOIR DES PROBLÈMES !
MAIS...
VOUS Y CROYEZ VRAIMENT, PATRON ?
J'Y CROIS D'AUTANT PLUS QUE J'AI REÇU UNE LETTRE D'UN DE MES AMIS, QUI HABITE A UNE CINQUANTAINE DE KILOMÈTRES D'ICI... ET VOUS SAVEZ CE QU'IL M'APPREND ?
QU'IL Y A UNE SEMAINE, DEUX DE SES JUMENTS ONT FILÉ EN COMPAGNIE D'UN CHEVAL SAUVAGE... UN GRAND ÉTALON NOIR !
HEIN ?
ÇA ALORS !!
SI CET ÉTALON RÔDE DANS LES PARAGES, IL RISQUE DE PERTURBER NOS JUMENTS... C'EST BIEN ENNUYEUX.
JE POURRAIS PEUT-ÊTRE ESSAYER DE RETROUVER SES TRACES, MONSIEUR ALLEN...
C'EST UNE IDÉE, MAC !! AINSI, NOUS SAURONS A QUOI NOUS EN TENIR.
SOIS PRUDENT, MON GARÇON. NE TE LAISSE PAS ENTRAÎNER TROP LOIN DANS LA MONTAGNE !
NE VOUS EN FAITES PAS, MONSIEUR ALLEN... JE SERAI DE RETOUR AVANT LA NUIT !
21

DEUX HEURES PLUS TARD...
PAS LA MOINDRE EMPREINTE...
M'MM... JE CROIS QUE JE ME SUIS ÉGARÉ... JE FERAIS MIEUX DE FAIRE DEMI-TOUR...
TOUT À COUP...
UNE HARDE ! L'ÉTALON NOIR NE DOIT PAS ÊTRE LOIN !
... QU'EST-CE QUI POUSSAIT SOUDAIN ALEC A DESCENDRE DANS LE CANYON ?... ALLEN LUI AVAIT DIT D'ÊTRE PRUDENT, MAIS C'ÉTAIT PLUS FORT QUE LUI, COMME SI DE SON INCONSCIENT JAILLISSAIT L'APPEL MYSTÉRIEUX D'UN PASSÉ TOUT PROCHE...
?
YIIIIIII
22

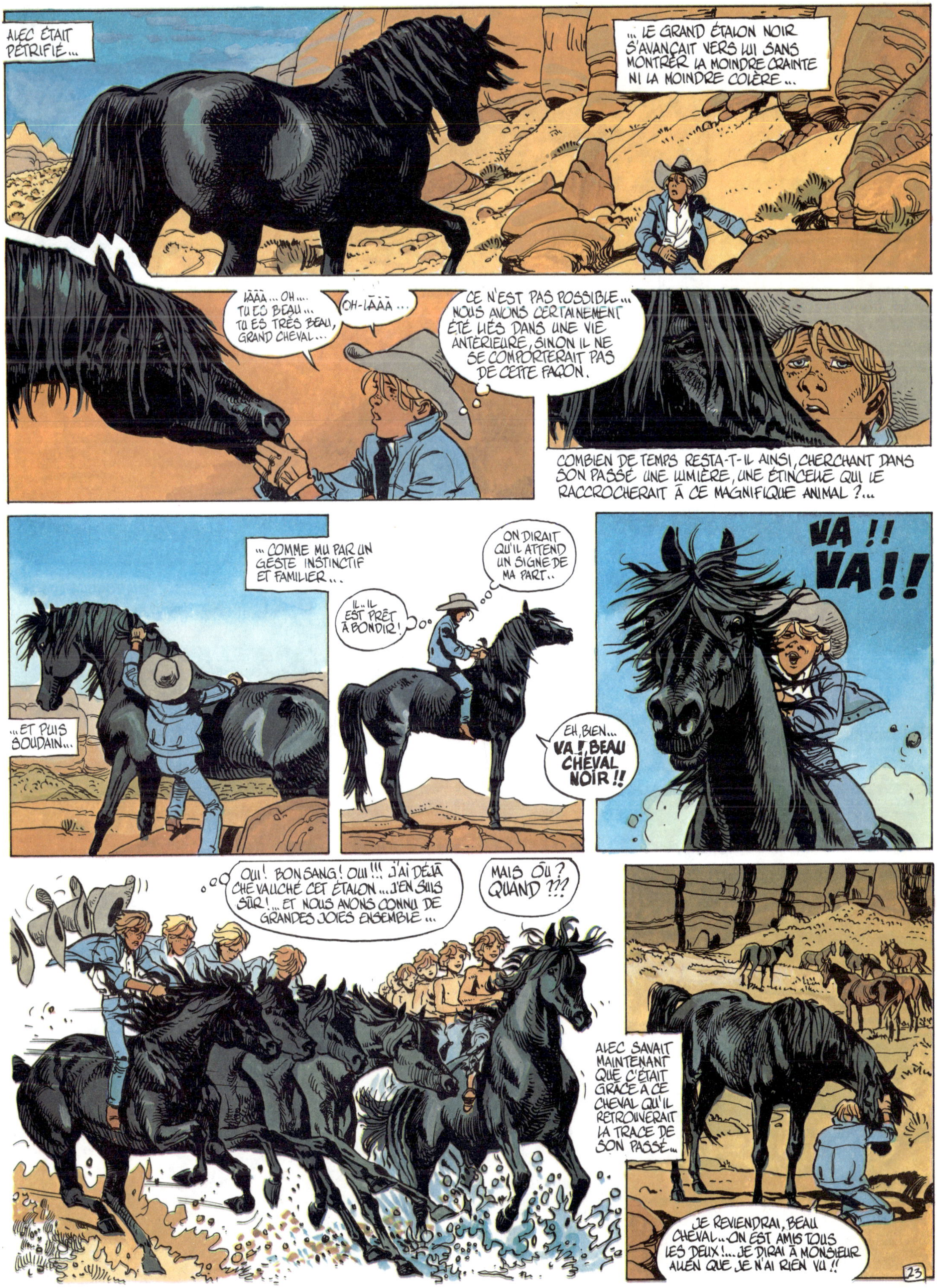
ALEC ÉTAIT PÉTRIFIÉ...
... LE GRAND ÉTALON NOIR S'AVANÇAIT VERS LUI SANS MONTRER LA MOINDRE CRAINTE NI LA MOINDRE COLÈRE...
LÀÂÂ... OH... TU ES BEAU... TU ES TRÈS BEAU, GRAND CHEVAL...
OH-LÀÂÂ...
CE N'EST PAS POSSIBLE... NOUS AVONS CERTAINEMENT ÉTÉ LIÉS DANS UNE VIE ANTÉRIEURE, SINON IL NE SE COMPORTERAIT PAS DE CETTE FAÇON.
COMBIEN DE TEMPS RESTA-T-IL AINSI, CHERCHANT DANS SON PASSÉ UNE LUMIÈRE, UNE ÉTINCELLE QUI LE RACCROCHERAIT À CE MAGNIFIQUE ANIMAL ?...
... COMME MU PAR UN GESTE INSTINCTIF ET FAMILIER...
... ET PUIS SOUDAIN...
IL.. IL EST PRÊT À BONDIR!
ON DIRAIT QU'IL ATTEND UN SIGNE DE MA PART..
EH, BIEN... VA!, BEAU CHEVAL NOIR!!
VA!! VA!!
OUI! BON SANG! OUI!!! J'AI DÉJÀ CHEVAUCHÉ CET ÉTALON... J'EN SUIS SÛR!... ET NOUS AVONS CONNU DE GRANDES JOIES ENSEMBLE...
MAIS OÙ? QUAND ???
ALEC SAVAIT MAINTENANT QUE C'ÉTAIT GRÂCE À CE CHEVAL QU'IL RETROUVERAIT LA TRACE DE SON PASSÉ...
JE REVIENDRAI, BEAU CHEVAL... ON EST AMIS TOUS LES DEUX!... JE DIRAI À MONSIEUR ALLEN QUE JE N'AI RIEN VU!!
23

MAIS ALORS QU'IL REMONTE VERS LE PLATEAU...
ZUT ! TROP TARD !!
JE N'AI PAS EU LA PATIENCE D'ATTENDRE, MAC GRÉGOR !... VOICI HANK LAROM, UN ANCIEN CHASSEUR DE MUSTANGS. IL N'A PAS EU DE MAL À RETROUVER TA TRACE... ET CELLE DE LA HARDE !
HELLO MAC ! ALORS... CE FAMEUX ÉTALON... À QUOI RESSEMBLE-T-IL ?
EH BIEN... JE... JE NE L'AI PAS VU, MONSIEUR LAROM... JE...
YIII HIIIIIIII
?
!
!?
OH NON !
!
TU NE L'AS PAS VU, HEIN ?
CURIEUX...
EN AVANT, LES GARS ! JE VEUX VOIR L'ANIMAL QUI A POUSSÉ UN CRI PAREIL !!
HYIIIII
24

PAR TOUS LES DIABLES!! DE TOUTE MA VIE DE TRAQUEUR, JE N'AI JAMAIS VU ÇA!! QUELLE BÊTE SUPERBE!!
JE TE CROIS, HANK!... IL EST SPLENDIDE!
SPLENDIDE ET PAS COMMODE LE BOUGRE!
ÇA NE SERA PAS FACILE DE L'ATTRAPER!
FAUDRAIT ESSAYER DE LE SÉPARER DE SA HARDE!!
ET TU CROIS QU'IL SE LAISSERA FAIRE?! REGARDE UN PEU COMME IL EST PUISSANT ET SÛR DE SA FORCE!
ATTENDS, MON BONHOMME...
QUAND JE CHASSAIS LE MUSTANG, J'AVAIS UN MOYEN DE CALMER LES PLUS RÉTIFS!
VOUS ÊTES FOU! VOUS N'ALLEZ PAS FAIRE ÇA!!!
SIMPLEMENT L'ÉGRATIGNER AU NIVEAU DE L'ENCOLURE...
...RIEN DE TEL POUR...
NON!
ATTENDEZ! JE M'EN CHARGE!!!
!
BEN, ÇA ALORS!?
T'EN FAIS PAS...
PERSONNE NE TE FERA DE MAL... JE TE LE PROMETS.
25

ÇA ALORS ! JE N'EN REVIENS PAS !
MOUAIS ...
RESTEZ À BONNE DISTANCE ET TOUT IRA BIEN !
C'EST ÉTRANGE... VRAIMENT ÉTRANGE !
SACRÉ NOM DE NOM !!
IL FAUT L'AVOIR VU POUR LE CROIRE !
AU RANCH, LES JOURS SUIVANTS
OUAIS... MOI, HIER J'AI VOULU VOIR... JE ME SUIS APPROCHÉ... LA VACHE !! IL M'AURAIT TUÉ SI MAC GREGOR N'ÉTAIT PAS ARRIVÉ À TEMPS !!
C'EST AHURISSANT !! IL N'Y A QUE LUI QUI PUISSE S'OCCUPER DE CE DAMNÉ CHEVAL !
UN VRAI FAUVE !!
C'EST BIEN QUE TU LEUR FASSES PEUR... COMME ÇA, NOUS SERONS TOUJOURS ENSEMBLE... ET TU M'AIDERAS À DÉCOUVRIR LE SECRET DE MON PASSÉ...
REGARDE ÇA, RUSS... COMMENT A-T-IL PU APPRIVOISER UNE BÊTE AUSSI FAROUCHE EN SI PEU DE TEMPS ?
ÇA TIENT DU MIRACLE !
OUAIS... BEN JE NE CROIS PAS AUX MIRACLES, MOI !... SI TU VEUX MON AVIS, RUSS, IL Y A ENTRE CES DEUX-LÀ QUELQUE CHOSE QUI NE DATE PAS D'HIER !
PAUGE 26

HO MAC !
J'AI A TE PARLER
TU SAIS QUE LA SEMAINE PROCHAINE VONT SE DÉROULER DES COURSES IMPORTANTES À PRESTON...
OUI, JE SAIS, MONSIEUR ALLEN...
ÉCLAIR A GAGNÉ LE GRAND PRIX L'ANNÉE DERNIÈRE ET J'AIMERAIS BIEN QU'IL LE REMPORTE CETTE ANNÉE ENCORE... POUR ÇA, IL ME FAUT UN BON JOCKEY, ...TU ME SUIS ?
VOUS... VOUS VOULEZ DIRE QUE... VOUS AVEZ... PENSÉ À MOI ?
EXACTEMENT ! J'ESPÈRE QUE ÇA TE FAIT PLAISIR ?
JE... JE SUIS DÉSOLÉ, MONSIEUR ALLEN... MAIS JE NE PEUX PAS ACCEPTER ! JE NE PEUX PAS !!
COMMENT ? TU NE PEUX PAS ACCEPTER ?!
NON... VRAIMENT, MONSIEUR ALLEN... JE NE PEUX PAS. UN JOUR, PEUT-ÊTRE, JE VOUS DIRAI POURQUOI...
TU TE RENDS COMPTE, HANK ? JE LUI OFFRE UNE CHANCE EXCEP-TIONNELLE DE SE FAIRE CONNAÎTRE ET DE GAGNER DE L'ARGENT, ET... ET IL REFUSE !!
RIEN NE PEUT PLUS M'ÉTONNER DE CE GARÇON, ALLEN... AVEC LUI, NOUS NE SOMMES PAS AU BOUT DE NOS SURPRISES !
27

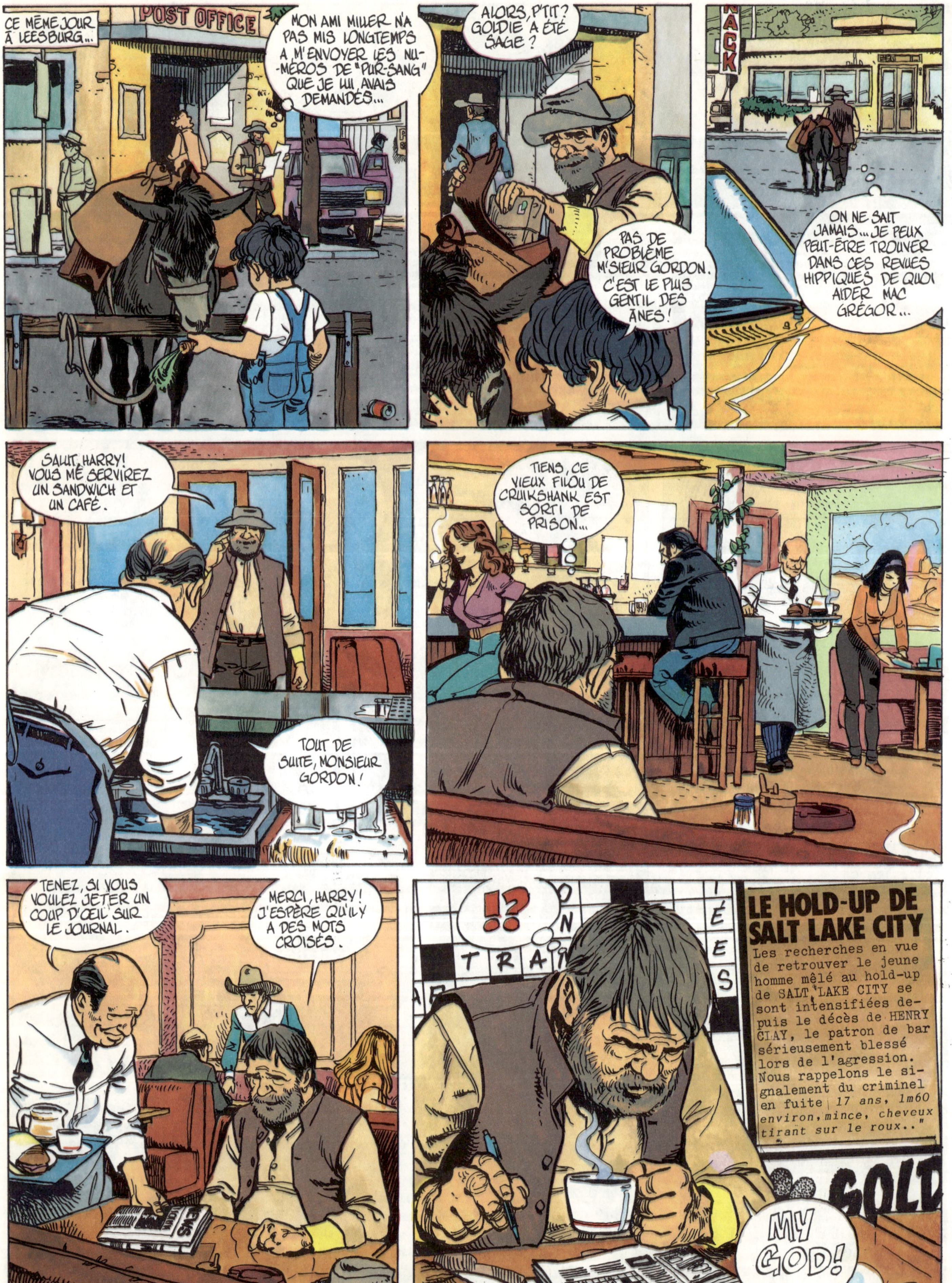

CE MÊME JOUR À LEESBURG...
POST OFFICE
MON AMI MILLER N'A PAS MIS LONGTEMPS À M'ENVOYER LES NUMÉROS DE "PUR-SANG" QUE JE LUI AVAIS DEMANDÉS...
ALORS, P'TIT? GOLDIE A ÉTÉ SAGE ?
PAS DE PROBLÈME M'SIEUR GORDON. C'EST LE PLUS GENTIL DES ÂNES !
ON NE SAIT JAMAIS... JE PEUX PEUT-ÊTRE TROUVER DANS CES REVUES HIPPIQUES DE QUOI AIDER MAC GRÉGOR...
SALUT, HARRY! VOUS ME SERVIREZ UN SANDWICH ET UN CAFÉ.
TOUT DE SUITE, MONSIEUR GORDON !
TIENS, CE VIEUX FILOU DE CRUIKSHANK EST SORTI DE PRISON...
TENEZ, SI VOUS VOULEZ JETER UN COUP D'OEIL SUR LE JOURNAL.
MERCI, HARRY ! J'ESPÈRE QU'IL Y A DES MOTS CROISÉS.
!?
LE HOLD-UP DE SALT LAKE CITY
Les recherches en vue de retrouver le jeune homme mêlé au hold-up de SALT LAKE CITY se sont intensifiées depuis le décès de HENRY CLAY, le patron de bar sérieusement blessé lors de l'agression. Nous rappelons le signalement du criminel en fuite : 17 ans, 1m60 environ, mince, cheveux tirant sur le roux.."
MY GOD!
28

AH! GORDON! BIEN CONTENT DE VOUS VOIR!
VOUS PERMETTEZ?
M'MM!... VOUS SAVEZ QUE VOTRE MAC GRÉGOR EST UN DRÔLE DE LOUSTIC! HA! ÇA OUI!... ET JE VAIS VOUS EN APPRENDRE DE BELLES SUR SON COMPTE!
HEU... AH BON?
QU'EST-CE QU'ALLEN PEUT BIEN LUI RACONTER? ET POURQUOI CE VIEUX SINGE DE GORDON A-T-IL REPLIÉ SON JOURNAL?
... HEIN? QU'EST-CE QUE VOUS DITES DE ÇA?
INCROYABLE EN EFFET... MAIS... EUH... EXCUSEZ-MOI, JE DOIS PARTIR. J'AI UN BON BOUT DE CHEMIN À FAIRE AVANT DE RENTRER CHEZ MOI.
HARRY
J'ESPÈRE QUE VOUS FINIREZ PAR LE CONVAINCRE DE PARTICIPER À CETTE COURSE, ALLEN.
JE L'Y FORCERAI MÊME, SI C'EST NÉCESSAIRE!
APRÈS TOUT, JE SUIS LE PATRON!
JE COMPRENDS POURQUOI MAC NE VEUT PAS COURIR À PRESTON... IL A PEUR D'ÊTRE RECONNU!
HOLD-UP À SALT LAKE CITY!!! VOILÀ DONC CE QUI A TROUBLÉ GORDON... CE GARÇON RECHERCHÉ PAR LA POLICE!... IL SAIT QUE C'EST MAC GRÉGOR!
MOTS CROISÉS
CETTE FOIS... JE TIENS MA VENGEANCE!!

CEPENDANT, AU RANCH...
TIENS... TIENS! HANK LAROM QUI ENTRAÎNE ÉCLAIR... M'MM... ÇA ME DONNE UNE IDÉE!
MA PAROLE... ON DIRAIT QU'IL A L'INTENTION DE FAIRE LA COURSE AVEC MOI!?
VAS-Y, ÉCLAIR!! ON VA VOIR CE QUE CET ÉTALON A DANS LE VENTRE!!
À CE MOMENT-LÀ, ALLEN, DE RETOUR DE LEESBURG...
MAIS!?!.. QU'EST-CE QU'ILS FABRIQUENT?
!
AH, BON DIEU!... IL A RATTRAPÉ ÉCLAIR... ET...
IL LE DÉPASSE!
30

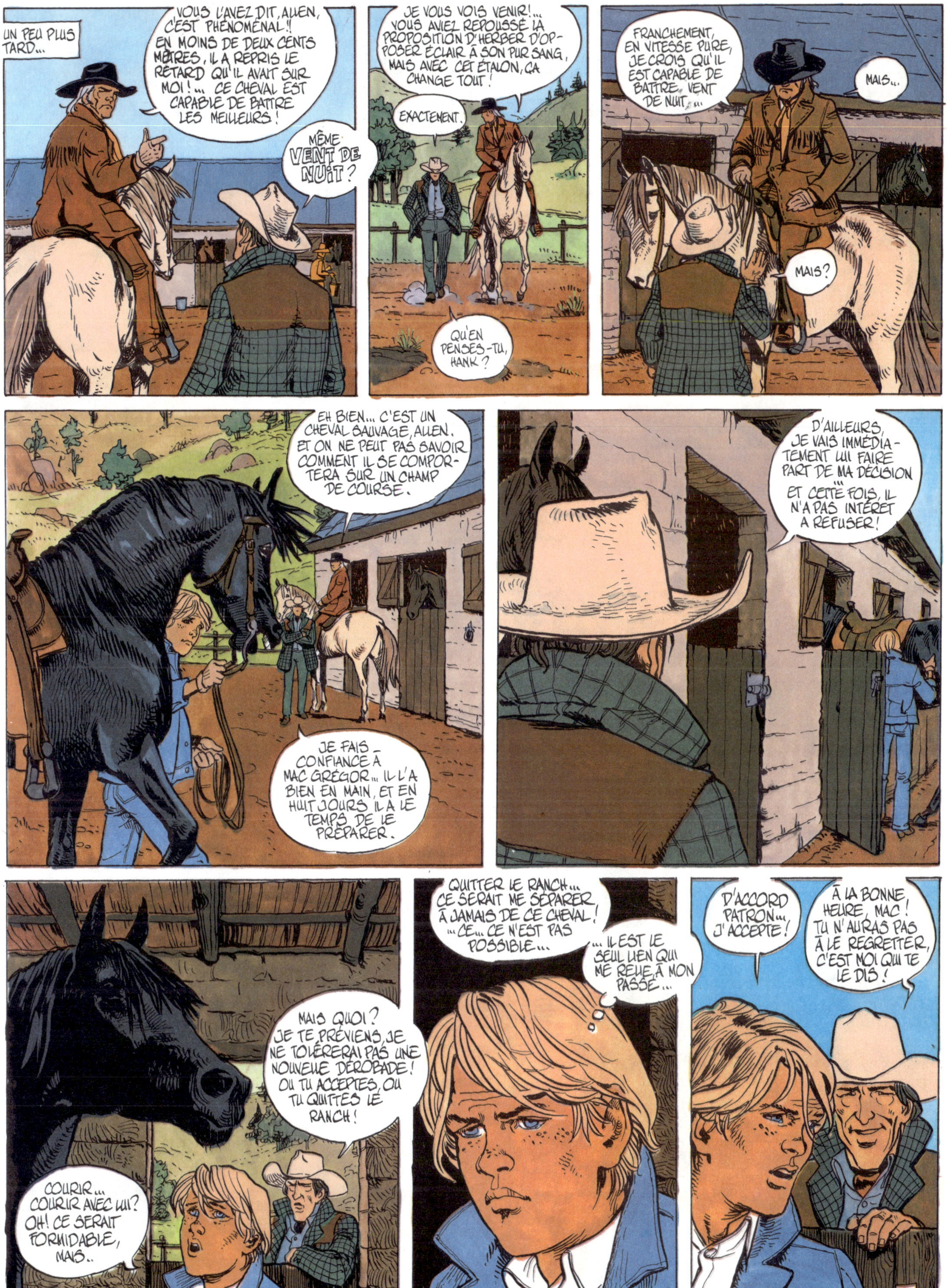
UN PEU PLUS TARD...
VOUS L'AVEZ DIT, ALLEN, C'EST PHÉNOMÉNAL !! EN MOINS DE DEUX CENTS MÈTRES, IL A REPRIS LE RETARD QU'IL AVAIT SUR MOI ! ... CE CHEVAL EST CAPABLE DE BATTRE LES MEILLEURS !
MÊME VENT DE NUIT ?
JE VOUS VOIS VENIR !... VOUS AVIEZ REPOUSSÉ LA PROPOSITION D'HERBER D'OPPOSER ÉCLAIR À SON PUR SANG, MAIS AVEC CET ÉTALON, ÇA CHANGE TOUT !
EXACTEMENT.
QU'EN PENSES-TU, HANK ?
FRANCHEMENT, EN VITESSE PURE, JE CROIS QU'IL EST CAPABLE DE BATTRE... VENT DE NUIT...
MAIS...
MAIS ?
EH BIEN... C'EST UN CHEVAL SAUVAGE, ALLEN. ET ON NE PEUT PAS SAVOIR COMMENT IL SE COMPORTERA SUR UN CHAMP DE COURSE.
JE FAIS CONFIANCE À MAC GRÉGOR... IL L'A BIEN EN MAIN, ET EN HUIT JOURS IL A LE TEMPS DE LE PRÉPARER.
D'AILLEURS, JE VAIS IMMÉDIATEMENT LUI FAIRE PART DE MA DÉCISION ... ET CETTE FOIS, IL N'A PAS INTÉRÊT À REFUSER !
MAIS QUOI ? JE TE PRÉVIENS, JE NE TOLÉRERAI PAS UNE NOUVELLE DÉROBADE ! OU TU ACCEPTES, OU TU QUITTES LE RANCH !
COURIR... COURIR AVEC LUI ? OH ! CE SERAIT FORMIDABLE, MAIS...
QUITTER LE RANCH... CE SERAIT ME SÉPARER À JAMAIS DE CE CHEVAL ! ...CE... CE N'EST PAS POSSIBLE...
... IL EST LE SEUL LIEN QUI ME RELIE À MON PASSÉ...
D'ACCORD PATRON... J'ACCEPTE !
À LA BONNE HEURE, MAC ! TU N'AURAS PAS À LE REGRETTER, C'EST MOI QUI TE LE DIS !
31

OUI, HERBERT, JE VOUS APPELLE AU SUJET DE CE PARI... COMMENT ?... NON, NON ! PAS QUESTION DE FAIRE COURIR ÉCLAIR CONTRE VENT DE NUIT ! JE NE SUIS PAS FOU ! ...
...EN REVANCHE, JE SUIS PRÊT À PRENDRE LE PARI AVEC UN AUTRE CHEVAL...
UN AUTRE CHEVAL !? QUE ME CHANTEZ-VOUS LÀ, ALLEN ? AURIEZ-VOUS DÉCOUVERT UNE PERLE RARE ?
IL S'AGIT D'UN ÉTALON SAUVAGE QUE NOUS AVONS CAPTURÉ... ET MA FOI, IL NE GALOPE PAS TROP MAL ! ... BREF, JE SUIS PRÊT À PRENDRE LE RISQUE DE L'OPPOSER À VENT DE NUIT.
HEIN ? VOUS VOULEZ ENGAGER UN ANIMAL QUI N'A JAMAIS FAIT SES PREUVES SUR UN CHAMP DE COURSE ?
VOUS ÊTES TOMBÉ SUR LA TÊTE ALLEN !
NE VOUS INQUIÉTEZ PAS POUR MOI ! TOUJOURS OK. POUR L'ENJEU DU PARI ?... OUI ? EH BIEN C'EST PARFAIT ! ...
ALL RIGHT, BYE, HERBERT. ET QUE LE MEILLEUR GAGNE !!
DANS UNE PETITE VILLE COMME LEESBURG, LES NOUVELLES SE COLPORTENT VITE...
C'EST COMME JE VOUS DIS, CRUIKSHANK ! ALLEN VA FAIRE COURIR UN ÉTALON SAUVAGE À PRESTON ! IL EST SI SÛR DE LUI QU'IL A PARIÉ AVEC RALPH HERBERT QU'IL BATTRAIT SON CRACK VENT DE NUIT !
AH OUI ?! ... ET... L'ENJEU DU PARI EST IMPORTANT ?
S'IL PERD, HERBERT DONNE HUIT JUMENTS À ALLEN...
...MAIS S'IL GAGNE, ALLEN LUI CÈDE ÉCLAIR !
EN EFFET ! ... ET QUI VA MONTER L'ÉTALON ?
UN JEUNE GARS QUI, PARAÎT-IL, EST LE SEUL À POUVOIR S'EN APPROCHER !
STOP
CE NE PEUT ÊTRE QUE CE PETIT GANGSTER... VOILÀ L'OCCASION RÊVÉE DE ME VENGER DE LUI ET, EN MÊME TEMPS, D'ALLEN... HÉ ! HÉ !
32

LES JOURS SUIVANTS, ALEC SOUMIT L'ÉTALON A UN ENTRAÎNEMENT INTENSIF...
...MAIS CHAQUE FOIS QU'IL SE RETROUVAIT SUR LE DOS DU FAROUCHE ANIMAL, DES FLASHES ÉCLATAIENT DANS SA TÊTE...
MAIS QUI SUIS-JE ? QUI ES-TU ?
OUI... OUI ! NOUS AVONS DÉJA COURU ENSEMBLE, TOI ET MOI...
TROIS MINUTES QUINZE ! IL S'EST ENCORE AMÉLIORÉ !
SI SAMEDI TU MARCHES COMME ÇA, HERBERT CONNAÎTRA L'HUMILIATION DE SA VIE !
BRAVO, MAC !
JE L'ESPÈRE POUR VOUS, PATRON...
JE N'Y COMPRENDS RIEN... IL DEVRAIT ÊTRE CONTENT... ET VOUS AVEZ VU LA TÊTE QU'IL FAIT !
M'MM... UNE VRAIE MINE D'ENTERREMENT !... QUELQUE CHOSE LE TROUBLE, C'EST SÛR ! MAIS QUOI ?
LE VENDREDI APRÈS-MIDI...
J'ESPÈRE QU'ON AURA BIENTÔT LES HUIT JUMENTS DE RALPH HERBERT, HA ! HA !
ON NE VOUS SOUHAITE PAS BONNE CHANCE, PATRON, MAIS LE COEUR Y EST !
CE VAN... CE GRAND CHEVAL NOIR... LE BRUIT DU MOTEUR...
J'AI DÉJA VÉCU UNE SCÈNE SEMBLABLE... MON DIEU ! SI JE POUVAIS ME SOUVENIR !
33

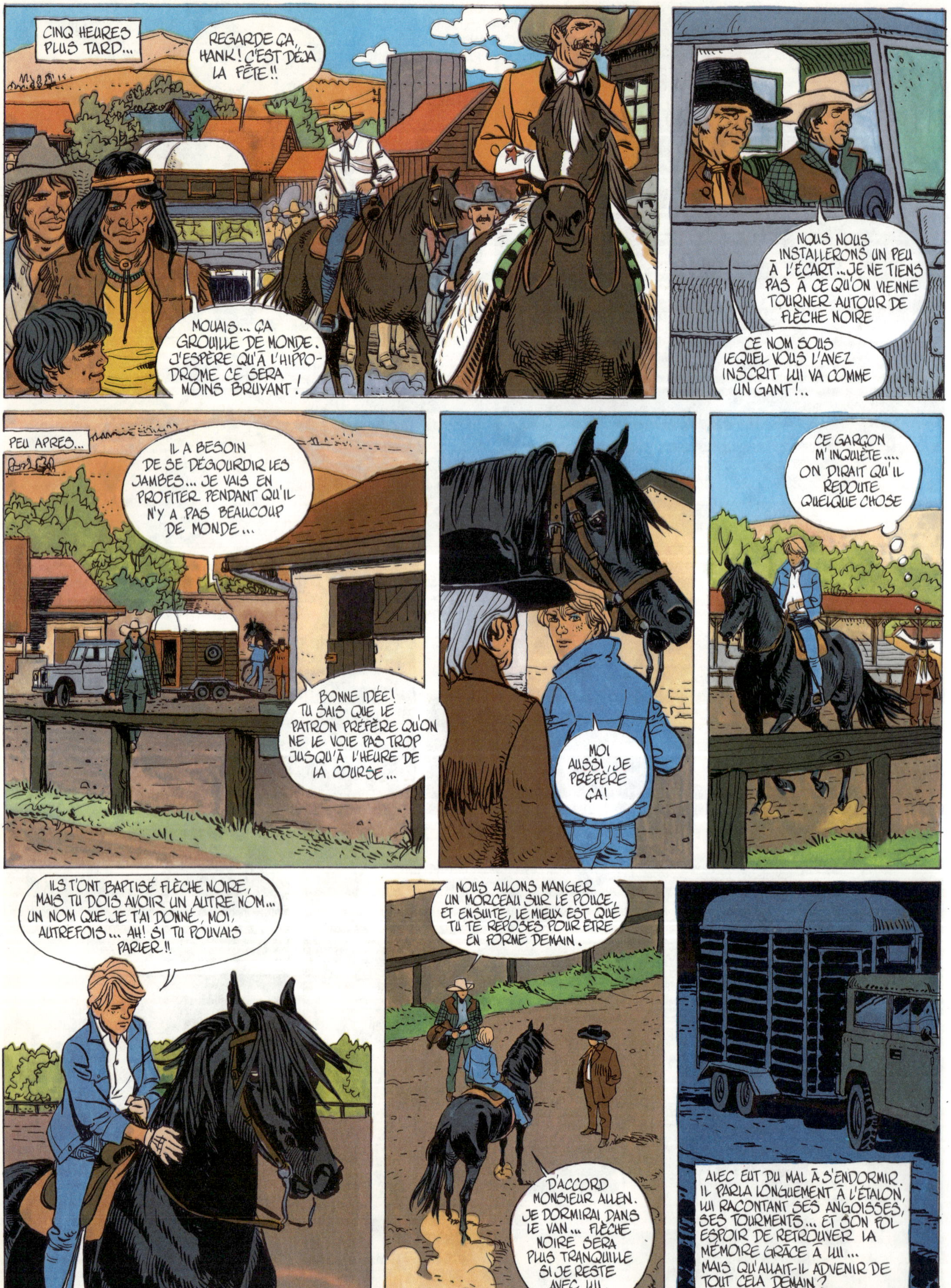
CINQ HEURES PLUS TARD...
REGARDE ÇA, HANK ! C'EST DÉJÀ LA FÊTE !!
MOUAIS... ÇA GROUILLE DE MONDE. J'ESPÈRE QU'À L'HIPPODROME CE SERA MOINS BRUYANT !
NOUS NOUS INSTALLERONS UN PEU À L'ÉCART... JE NE TIENS PAS À CE QU'ON VIENNE TOURNER AUTOUR DE FLÈCHE NOIRE
CE NOM SOUS LEQUEL VOUS L'AVEZ INSCRIT LUI VA COMME UN GANT !..
PEU APRÈS...
IL A BESOIN DE SE DÉGOURDIR LES JAMBES... JE VAIS EN PROFITER PENDANT QU'IL N'Y A PAS BEAUCOUP DE MONDE...
BONNE IDÉE ! TU SAIS QUE LE PATRON PRÉFÈRE QU'ON NE LE VOIE PAS TROP JUSQU'À L'HEURE DE LA COURSE...
MOI AUSSI, JE PRÉFÈRE ÇA !
CE GARÇON M'INQUIÈTE.... ON DIRAIT QU'IL REDOUTE QUELQUE CHOSE
ILS T'ONT BAPTISÉ FLÈCHE NOIRE, MAIS TU DOIS AVOIR UN AUTRE NOM... UN NOM QUE JE T'AI DONNÉ, MOI, AUTREFOIS... AH ! SI TU POUVAIS PARLER !!
NOUS ALLONS MANGER UN MORCEAU SUR LE POUCE, ET ENSUITE, LE MIEUX EST QUE TU TE REPOSES POUR ÊTRE EN FORME DEMAIN.
D'ACCORD MONSIEUR ALLEN. JE DORMIRAI DANS LE VAN... FLÈCHE NOIRE SERA PLUS TRANQUILLE SI JE RESTE AVEC LUI.
ALEC EUT DU MAL À S'ENDORMIR. IL PARLA LONGUEMENT À L'ÉTALON, LUI RACONTANT SES ANGOISSES, SES TOURMENTS... ET SON FOL ESPOIR DE RETROUVER LA MÉMOIRE GRÂCE À LUI...
MAIS QU'ALLAIT-IL ADVENIR DE TOUT CELA DEMAIN ?
34

AU MÊME MOMENT, À LEESBURG...
POLICE
QUE VENEZ-VOUS FAIRE ICI CRUIKSHANK ? LE PETIT SÉJOUR QUE NOUS VOUS AVONS OFFERT VOUS SEMBLERAIT-IL INSUFFISANT ?
EXCUSEZ-MOI, SHÉRIF, MAIS...
... J'AI LÀ UNE INFORMATION QUI POURRAIT VOUS INTÉRESSER !
AH, OUI ?
JETEZ UN COUP D'ŒIL LÀ-DESSUS... VOUS ÊTES SÛREMENT AU COURANT, JE NE VAIS PAS VOUS APPRENDRE VOTRE MÉTIER, M'MM...
VOYONS !... CE CRIMINEL EN FUITE... UN GARÇON DE 17 ANS, PAS TRÈS GRAND... CHEVEUX TIRANT SUR LE ROUX...
OUI... ET ALORS ?
...ÇA NE VOUS DIT RIEN ?
TOM... ÇA TE DIT QUELQUE CHOSE ?
NON... JE NE VOIS PAS.
ENFIN QUOI ?!! C'EST LE PORTRAIT CRACHÉ DE MAC GRÉGOR !
MAC GRÉGOR ?... LE PETIT PROTÉGÉ D'ALLEN ?... M'MM, EN EFFET, ÇA CORRESPOND... MAIS RIEN NE PROUVE QUE...
ÉCOUTEZ...
FEDERAL MARSHAL
... L'AUTRE JOUR, AU BAR, J'AI VU GORDON SURSAUTER EN LISANT CET ARTICLE ! ET VOUS SAVEZ QUE C'EST GORDON QUI A AMENÉ LE GAMIN DANS NOTRE VILLE...
QUE CHERCHEZ-VOUS À INSINUER, CRUIKSHANK ?
SIMPLEMENT CECI : LA RÉACTION DE GORDON PROUVE CLAIREMENT QUE MAC GRÉGOR EST LE JEUNE BANDIT QU'ON RECHERCHE... MAINTENANT C'EST À VOUS DE JOUER, SHÉRIF !
35

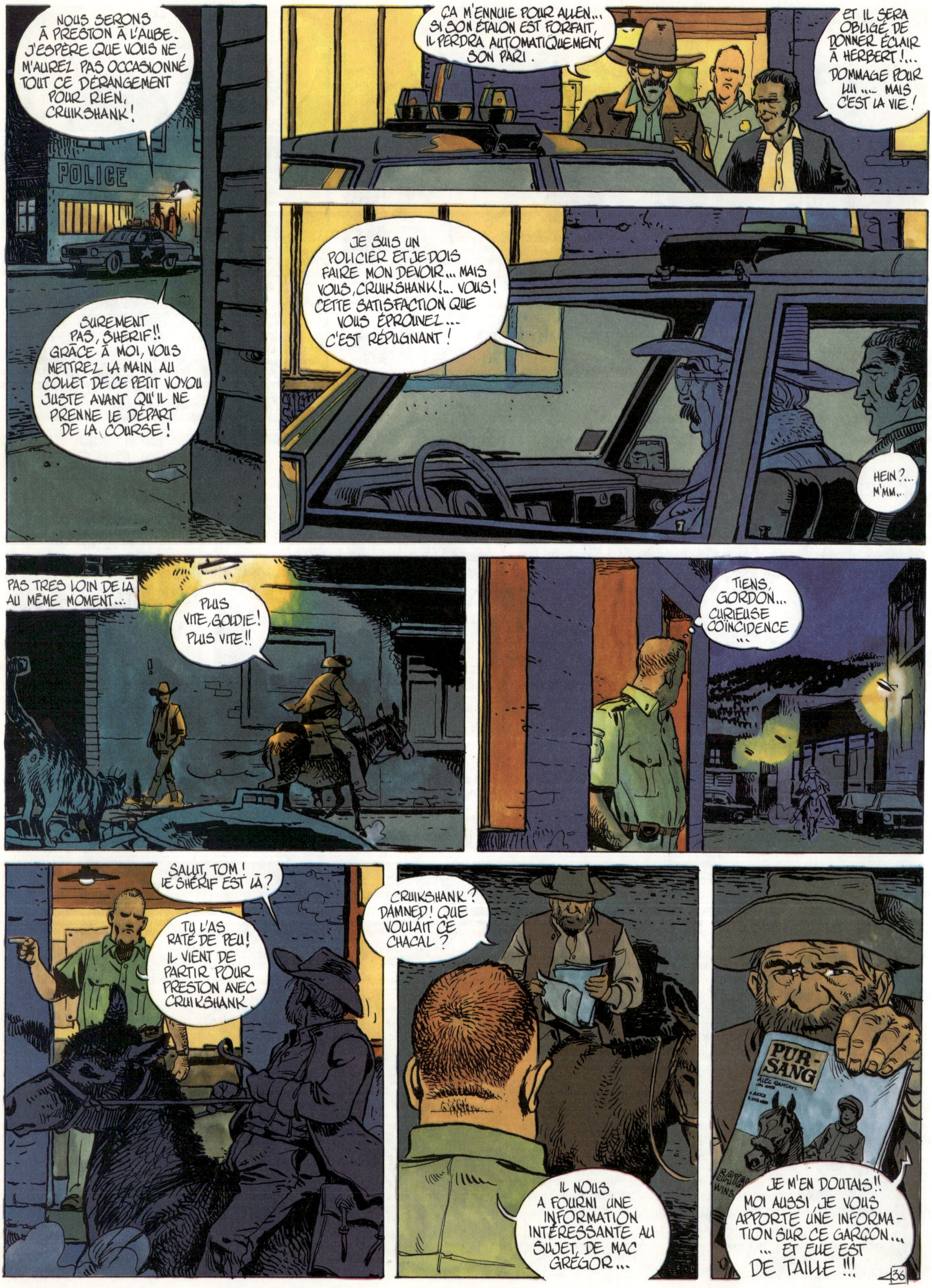

NOUS SERONS À PRESTON À L'AUBE. J'ESPÈRE QUE VOUS NE M'AUREZ PAS OCCASIONNÉ TOUT CE DÉRANGEMENT POUR RIEN, CRUIKSHANK !
POLICE
SUREMENT PAS, SHERIF !! GRÂCE À MOI, VOUS METTREZ LA MAIN AU COLLET DE CE PETIT VOYOU JUSTE AVANT QU'IL NE PRENNE LE DÉPART DE LA COURSE !
ÇA M'ENNUIE POUR ALLEN... SI SON ÉTALON EST FORFAIT, IL PERDRA AUTOMATIQUEMENT SON PARI.
ET IL SERA OBLIGÉ DE DONNER ÉCLAIR À HERBERT !... DOMMAGE POUR LUI .... MAIS C'EST LA VIE !
JE SUIS UN POLICIER ET JE DOIS FAIRE MON DEVOIR... MAIS VOUS, CRUIKSHANK !... VOUS ! CETTE SATISFACTION QUE VOUS ÉPROUVEZ... C'EST RÉPUGNANT !
HEIN ?... M'MM...
PAS TRÈS LOIN DE LÀ AU MÊME MOMENT...
PLUS VITE, GOLDIE ! PLUS VITE !!
!
TIENS, GORDON... CURIEUSE COÏNCIDENCE ...
SALUT, TOM ! LE SHÉRIF EST LÀ ?
TU L'AS RATÉ DE PEU ! IL VIENT DE PARTIR POUR PRESTON AVEC CRUIKSHANK.
CRUIKSHANK ? DAMNED ! QUE VOULAIT CE CHACAL ?
IL NOUS A FOURNI UNE INFORMATION INTÉRESSANTE AU SUJET DE MAC GRÉGOR...
PUR-SANG
JE M'EN DOUTAIS !! MOI AUSSI, JE VOUS APPORTE UNE INFORMATION SUR CE GARÇON... ... ET ELLE EST DE TAILLE !!!
36

REGARDE CE JOCKEY!.. TU LE RECONNAIS?
BON SANG!..
Alec RAMSAY sur SATAN
BON SANG! C'EST MAC GREGOR !?!!
C'EST LUI, EN EFFET!... MAIS EN RÉALITÉ, IL S'APPELLE ALEC RAMSAY !!
JE N'Y COMPRENDS RIEN... POURQUOI A-T-IL CHANGÉ DE NOM ?
IL N'A PAS CHANGÉ DE NOM, TOM... IL A OUBLIÉ LE SIEN...
...OUBLIÉ À LA SUITE DE CET ACCIDENT D'AVION DANS LE WYOMING !! LIS L'ARTICLE, TU VERRAS!
C'EST INCROYABLE !!
LE PLUS INCROYABLE, C'EST QUE MAC GREGOR... JE VEUX DIRE ALEC... ALEC RAMSAY!... VIENT DE RETROUVER SON FAMEUX ÉTALON NOIR ET QU'IL NE SAIT MÊME PAS QUE C'EST LUI !!
ET LE SHÉRIF QUI VA L'ARRÊTER JUSTE AVANT LA COURSE, PERSUADÉ QU'IL S'AGIT D'UN CRIMINEL EN FUITE !!
NOM D'UN CHIEN !! IL N'Y A PAS UNE MINUTE À PERDRE! IL FAUT UNE VOITURE...
IL FAUT QUE JE TROUVE UNE VOITURE!
VOYONS... ... M'MM... SAM!
JE TE CONFIE MON ANE, TOM! JE FILE CHEZ SAM POUR QU'IL M'EMMÈNE À PRESTON.
37

LE LENDEMAIN MATIN À L'HIPPODROME DE PRESTON...
TU TE SENS D'ATTAQUE, PETIT?
ÇA VA, HANK... FLÈCHE NOIRE A PASSÉ UNE BONNE NUIT... ET HMM... MOI AUSSI.
ALLONS-Y, C'EST LE MOMENT ! ET QUE LES DIEUX DE LA COURSE SOIENT AVEC TOI, MAC!
MINUTE, ALLEN ! J'AI À VOUS PARLER !!
LE SHÉRIF!.. J... JE SUIS PERDU!
!
PAS SI VITE, MON GARÇON! JE T'ARRÊTE POUR VOL ET COMPLICITÉ DE MEURTRE!
ON SE TRAÎNE, SAM! APPUIE, BON SANG!
JE FAIS CE QUE JE PEUX, GORDON! MAIS, MA GUIMBARDE EST COMME MOI, HÉ! HÉ! ELLE N'EST PLUS TOUTE JEUNE!
38

ET VOILÀ, ALLEN... VOUS SAVEZ TOUT!
C'EST... ...... C'EST TERRIBLE... J-JE N'ARRIVE PAS À Y CROIRE!
EN VENANT, JE N'AVAIS ENCORE QUE DES SOUPÇONS. MAIS SA TENTATIVE DE FUITE ÉQUIVAUT À UN AVEU.... HÉ, OUI! JE SUIS DÉSOLÉ POUR VOUS, ALLEN...
... MAIS JE DOIS L'ARRÊTER ET LE CONDUIRE EN PRISON!
NON!
NON! PAS LES MENOTTES!!!
IL LE FAUT POURTANT, MON GARÇON!
ATTENDEZ, SHÉRIF...
...LA COURSE A LIEU DANS QUELQUES MINUTES! VOUS NE POUVEZ PAS FAIRE ÇA!
SOYEZ CHIC. DONNEZ-NOUS UN PETIT SURSIS. NOUS AVONS TOUT MISÉ SUR FLÈCHE NOIRE!
SANS COMPTER LE PUBLIC QUI SERA DÉÇU!
NE L'ÉCOUTEZ PAS, SHÉRIF!! PASSEZ-LUI LES MENOTTES AVANT QU'IL N'ESSAIE ENCORE DE FUIR!
MAUDIT SERPENT!! DE QUOI TE MÊLES-TU?
HANK! LÂCHE-LE! CE N'EST PAS LUI QUI DÉCIDE, MAIS MOI! ET... JE SUIS D'ACCORD POUR QUE MAC GRÉGOR PARTICIPE À LA COURSE!
39

MERCI DE VOTRE COMPRÉHENSION, SHÉRIF.
J'ESPÈRE QUE JE N'AURAI PAS A LE REGRETTER.
ILS SONT PARTIS !
DAMN! ON ARRIVE TROP TARD! J'ENTENDS LA FOULE QUI HURLE
NAVRÉ GORDON. JE NE POUVAIS ALLER PLUS VITE!
M'MM... J'AI BIEN L'IMPRESSION QU'ALLEN NOUS A POSSÉDÉS! CET ÉTALON A DÉJA COURU... ÇA SAUTE AUX YEUX!
OUAIS! JE SUIS DE VOTRE AVIS RALPH. ET LE JOCKEY A TOUT DU PROFESSIONNEL. VOUS AVEZ VU SA TECHNIQUE ?
DIS-DONC, BILL ? TU TE RAPPELLES CET ÉTALON NOIR QUI A BATTU LES CRAKS DU MONDE ENTIER ?
LE FAMEUX BLACK ?... J'Y PENSAIS JUSTEMENT... LA RESSEMBLANCE EST ÉTONNANTE! MAIS CE N'EST PAS POSSIBLE...
LE SHÉRIF A DÛ ARRÊTER MAC ET LUI INTERDIRE DE COURIR !... QUELLE CATASTROPHE POUR ALLEN !!
S'IL VOUS PLAÎT !..
S'IL... LAISSEZ-MOI PASSER! S'IL VOUS PLAÎT !!
ÇA ALORS! IL EST LÀ ! IL COURT !
40

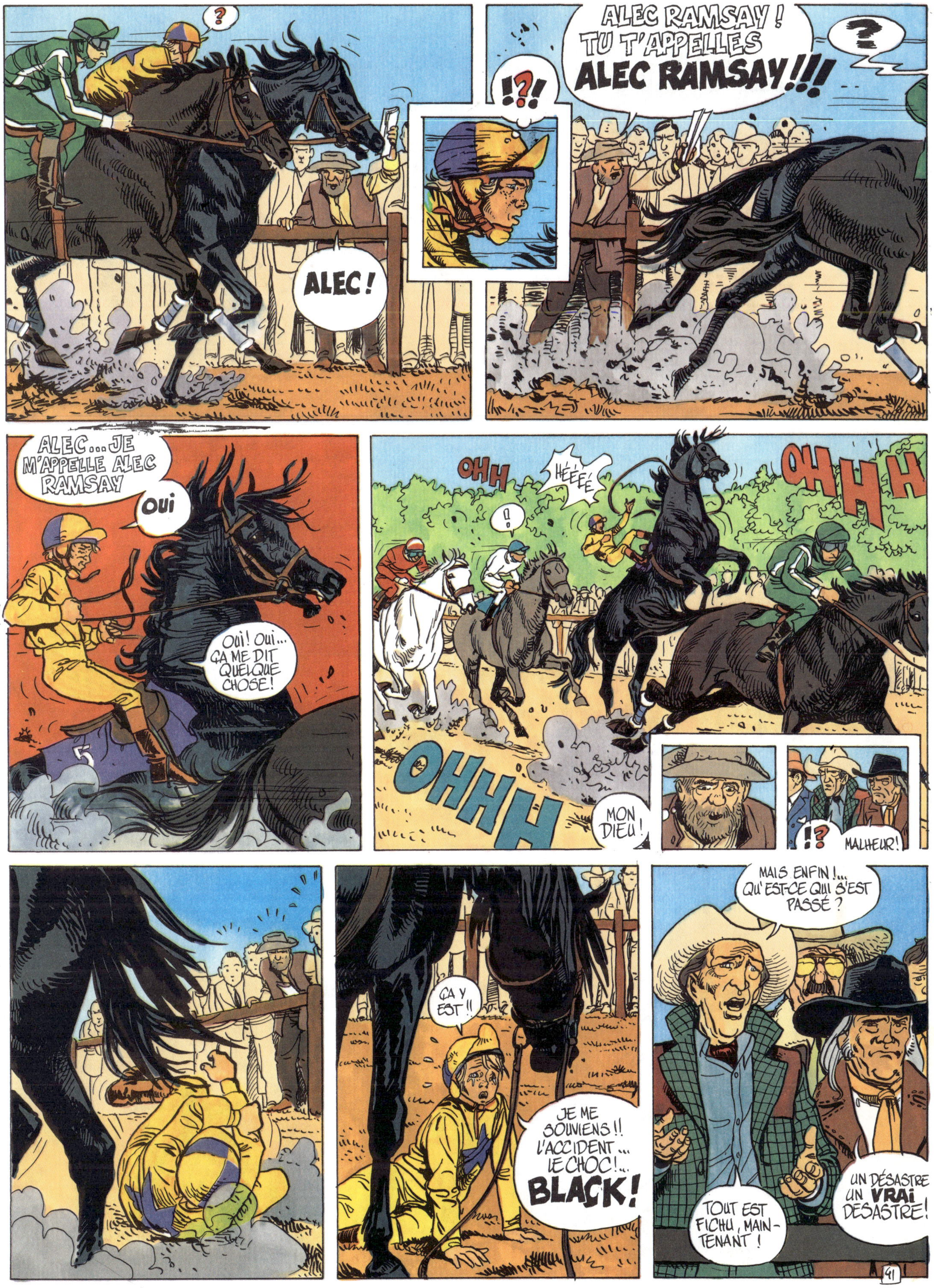
?
ALEC !
!?!
ALEC RAMSAY ! TU T'APPELLES ALEC RAMSAY !!!
?
ALEC... JE M'APPELLE ALEC RAMSAY
OUI
OUI ! OUI... ÇA ME DIT QUELQUE CHOSE !
OHH
HÉÉÉÉ
!
OHHH
OHHH
MON DIEU !
!?
MALHEUR !
ÇA Y EST !!
JE ME SOUVIENS !! L'ACCIDENT... LE CHOC !... BLACK !
MAIS ENFIN !... QU'EST-CE QUI S'EST PASSÉ ?
TOUT EST FICHU, MAIN-TENANT !
UN DÉSASTRE UN VRAI DÉSASTRE !
41

BLACK ! MON VIEUX BLACK. QUE JE SUIS HEUREUX !
IL EST FOU !
MAIS !! QU'EST CE QU'IL FAIT ?
ON N'A JAMAIS VU ÇA !
LA COURSE, ALEC ! LA COURSE !!
À CHEVAL PETIT !!
HOP...
COMME AUTREFOIS BLACK ! FONCE ! FONCE, MON BEL ÉTALON NOIR !
FLÈCHE NOIRE !!
FLÈCHE NOIRE !!
BEN ÇA !! IL FAUT LE VOIR POUR LE CROIRE !
ÇA ALORS !! INCROYABLE !!.. IL A RATTRAPÉ LES DEUX AUTRES...
ET IL LES LAISSE LITTÉRALEMENT SUR PLACE !
PARDI ! VOUS SAVEZ QUI C'EST ?
ALEC RAMSAY !! ET VOTRE FLÈCHE NOIRE N'EST AUTRE QUE BLACK !
ALEC RAMSAY ? BLACK !? VOUS AVEZ PERDU LA RAISON, MON VIEUX !
JETEZ UN COUP D'OEIL LÀ-DESSUS ! APRÈS, ON DISCUTERA DE MON ÉTAT MENTAL...
42

BLACK SEMBLAIT ALLER DE PLUS EN PLUS VITE.
DANS LES TRIBUNES, LA FOULE HURLAIT, TRÉPIGNAIT!
LE SPECTACLE ÉTAIT EXTRAORDINAIRE...
DAMNED!
VAS-Y, BLACK! VAS-Y!! MONTRE-LEUR QUE TU ES LE MEILLEUR CHEVAL DU MONDE!
BRAVO!!
FORMIDABLE!!
ILS VONT EN FAIRE UNE TÊTE QUAND JE VAIS LEUR DÉVOILER MA VÉRITABLE IDENTITÉ...
SHÉRIF, JE NE M'APPELLE PAS MAC GRÉGOR ET JE NE SUIS PAS LE CRIMINEL EN FUITE QUE VOUS RECHERCHEZ.
NOUS SAVONS TOUT, ALEC! GORDON VIENT DE NOUS EXPLIQUER CE QUI VOUS ÉTAIT ARRIVÉ.
MERCI GORDON!! VOUS SAVEZ, QUAND VOUS AVEZ CRIÉ MON NOM, ÇA A ÉTÉ COMME UN ÉLECTRO-CHOC! ... TOUT M'EST REVENU...
43

PRINTED IN BELGIUM BY proost INTERNATIONAL BOOK PRODUCTION